LE DIMANCHE,

O U

LES FILLES DE MINÉE,

P O Ë M E.

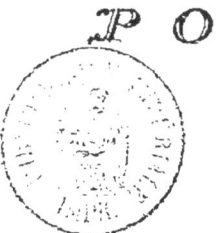

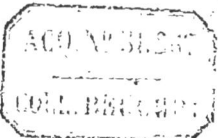

François-Marie Arouet
de Voltaire,
de l'Acad.ᵉ Françoise, Né à Paris le 20 Novembre 1694

LE
DIMANCHE,

OU

LES FILLES DE MINÉE,

POËME

Adreffé par M. DE VOLTAIRE,
fous le nom de M. DE LA VISCLEDE,
à Madame HARNANCHE.

A LONDRES;

AUX DÉPENS DE LA SOCIÉTÉ.

M. DCC. LXXV.

LE DIMANCHE,

OU

LES FILLES DE MINÉE,

POËME.

Vous demandez, Madame Harnanche,
Pourquoi nos dévots Payſans,
Les Cordeliers à la grand'manche,
Et nos Curés catéchiſans,
Aiment à boire le Dimanche.
J'ai conſulté bien des Savans :
Huet, cet Evêque d'Avranche,
Qui toujours pour la Bible penche,
Prétend qu'un uſage ſi beau
Vient de Noé le Patriarche,
Qui juſtement dégoûté d'eau,
S'enivrait au ſortir de l'Arche.
Huet ſe trompe ; c'eſt Bacchus,

C'eſt le Légiſlateur du Gange ;
Ce Dieu de cent Peuples vaincus ,
Cet inventeur de la vendange.
C'eſt lui qui voulut conſacrer
Le dernier jour hebdomadaire
A boire, à rire, à ne rien faire,
On ne pouvait mieux honorer
La divinité de ſon Père.
Il fut ordonné par les loix
D'employer ce jour ſalutaire
A ne faire œuvre de ſes doigts
Qu'avec ſa Maîtreſſe & ſon verre.

Un jour, ce digne fils de Dieu
Et de la pieuſe Semèle,
Deſcendit du ciel au ſaint lieu
Où ſa Mère très-peu cruelle,
Dans ſon beau ſein l'avait conçu ;
Où ſon Père l'ayant reçu,
L'avait enfermé dans ſa cuiſſe :
Grands myſtères bien expliqués ,
Dont autrefois ſe ſont moqués
Des gens d'eſprit pleins de malice.
Bacchus à peine ſe montrait,
Avec Silène & ſa monture,
Tout le Peuple les adorait ;

La campagne était fans culture ,
Dévotement on folatrait ,
Et toute la Cléricature
Courait en foule au cabaret.
   Parmi ce brillant fanatifme ,
Il fut un pauvre Citoyen ,
Nommé *Minée* , homme de bien ,
Et foupçonné de Janfénifme.
Ses trois Filles filaient du lin ,
Aimaient Dieu , fervaient le prochain ,
Evitaient la fainéantife ,
Fuyaient les plaifirs , les amans ,
Et pour ne point perdre de tems ,
Ne fréquentaient jamais l'Eglife.
   Alcitroé dit à fes Sœurs :
Travaillons & faifons l'aumône :
Monfieur le Curé , dans fon prône ,
Donne-t-il des confeils meilleurs ?
Filons , & laiffons la canaille
Chanter des verfets ennuyeux ;
Quiconque eft honnête & travaille ,
Ne faurait offenfer les Dieux :
Filons , fi vous voulez m'en croire ,
Et pour égayer nos travaux ,
   Que chacune conte une hiftoire ,
En faifant tourner fes fufeaux,

Les deux cadettes approuvèrent
Ce propos tout plein de raison,
Et leur Sœur, qu'elles écoutèrent,
Commença de cette façon.

Le travail est mon Dieu, lui seul régit le monde;
Il est l'ame de tout; c'est en vain qu'on nous dit
Que les Dieux sont à table, ou dorment dans leur lit;
Interroge les cieux, l'air & la terre & l'onde.
Le puissant Jupiter fait son tour en dix ans,
Son vieux Père Saturne avance à pas plus lents;
Mais il termine enfin son immense carrière,
Et dès qu'elle est finie, il recommence encor.
Sur son char de rubis mêlé d'azur & d'or,
Apollon va lançant des torrens de lumière.
Quand il quitta les cieux, il se fit Médecin,
Architecte, Berger, Menétrier, Devin:
Il travailla toujours. Sa Sœur l'aventurière,
Est Hécate aux Enfers, Diane dans les bois,
Lune pendant les nuits, & remplit trois emplois.
Neptune chaque jour est occupé six heures
A soulever des eaux les profondes demeures;
Et les fait dans leur lit retomber par leur poids.
Vulcain noir & crasseux, courbé sur son enclume,
Forge à coups de marteau les foudres qu'il allume.
On m'a conté qu'un jour, croyant le bien payer,

Jupiter à Vénus daigna le marier.

Ce Jupiter, mes Sœurs, étoit grand adultère :

Vénus l'imita bien, chacun tient de son père.

Mars plut à la friponne ; il était Colonel,

Vigoureux, impudent, s'il en fut dans le Ciel ;

Talons rouges, nez haut, tous les talens de plaire :

Et tandis que Vulcain travaillait pour la Cour,

Mars consolait sa Femme en parfait Petit-Maître,

Par air, par vanité, plutôt que par amour.

Le Mari méprisé, très-digne aussi de l'être,

Aux deux Amans heureux voulut jouer d'un tour

D'un fil d'acier poli, non moins fin que solide,

Il façonne un rezeau que rien ne peut briser ;

Il le porte la nuit au lit de la perfide :

Lasse de ses plaisirs, il la voit reposer

Entre les bras de Mars ; & d'une main timide,

Il vous tend son lacet sur le couple amoureux :

Puis marchant à grands pas, encor qu'il fût boiteux,

Il court vîte au Soleil conter son aventure.

Toi qui vois tout, dit-il, viens, vois une parjure ;

Et pendant que Phosphore, au bord de l'Orient,

Au devant de son char ne paroît point encore,

Et qu'en versant des pleurs la diligente Aurore

Quitte son vieil Epoux pour son nouvel Amant ;

Appelle tous les Dieux, qu'ils contemplent ma honte,

Qu'ils viennent me venger. Apollon est malin,

Il rend, avec plaisir, ce service à Vulcain ;
En petits vers galans sa disgrace il raconte :
Il assemble en chantant tout le Conseil Divin.
Mars se réveille au bruit, aussi-bien que sa Belle ;
Ce Dieu très-effronté ne se dérangea pas,
Il tint, sans s'étonner, Vénus entre ses bras,
Lui donnant cent baisers qui sont rendus par elle.
Tous les Dieux à Vulcain firent leur compliment :
Le Père de Vénus en rit long-tems lui-même.
On vanta du lacet l'admirable instrument,
Et chacun dit : Bon-homme, attrapez-nous de même.

Lorsque la belle Alcitroé
Eut fini son conte pour rire,
Elle dit à sa Sœur Thémire,
Tout le Peuple chante *Evoé,*
Il s'énivre, il est en délire,
Il croit que la joie est du bruit ;
Mais vous, que la raison conduit,
N'avez-vous donc rien à nous dire ?
Thémire à sa Sœur répondit,
La populace est la plus forte ;
Je crains ses dévots, & fais bien ;
A double tour, fermons la porte,
Et poursuivons notre entretien.
Votre conte est de bonne sorte,

D'un vrai plaifir il me tranfporte :
Pourriez-vous écouter le mien ?
C'eft de Vénus qu'il faut parler encore ;
Sur ce fujet jamais on ne tarit,
Filles, garçons, jeunes, vieux, tout l'adore ;
Mille grimauds font des vers fans efprit
Pour la chanter : je m'en fuis fouvent plainte ;
Je déteftais tout médiocre Auteur ;
Mais on les paffe, on les fouffre ; & la Sainte
Fait qu'on pardonne au fot prédicateur.

Cette Vénus que vous avez dépeinte
Folle d'amour pour le Dieu des combats ;
D'un autre amour eut bientôt l'ame atteinte ;
Le changement ne lui déplaifait pas.
Elle trouva devers la Paleftine
Un beau garçon, dont la charmante mine,
Les blonds cheveux, les rofes & les lys,
Les yeux brillans, la taille noble & fine ;
Tout lui plaifait, car c'était Adonis.
Cet Adonis, ainfi qu'on nous l'attefte ;
Au rang des Dieux n'était pas tout-à-fait ;
Mais chacun fait combien il en tenait ;
Son origine était toute célefte,
Il était né des plaifirs d'un incefte ;
Son père était fon aïeul Cinira,

Qui l'avait eu de sa fille Mirra,
Et Cinira, ce qu'on a peine à croire,
Etait le fils d'un beau morceau d'ivoire.
Je voudrois bien que quelque grand Docteur
Pût m'expliquer sa généalogie :
J'aime à m'instruire, & c'est un grand bonheur
D'être savante en la Théologie.
Mars fut jaloux de ce charmant rival,
Il le surprit avec sa Cytherée,
Le nez collé sur sa bouche sacrée,
Faisant des Dieux. Mars est un peu brutal ;
Il prit sa lance, & d'un coup détestable,
Il transperça ce jeune homme adorable,
De qui le sang produit encore des fleurs.
J'admire ici toutes les profondeurs
De cette histoire, & j'ai peine à comprendre
Comment un Dieu pourroit ici pourfendre
Un autre Dieu ; çà dites-moi, mes Sœurs,
Qu'en pensez-vous ? parlez-moi sans scrupule ;
Tout de ce Dieu n'est-il pas ridicule ?
Non, dit Climène, & puisqu'il était né,
C'est à mourir qu'il était condamné.
Je le plains fort, sa mort paroît trop prompte ;
Mais poursuivez le fil de votre conte.

   Notre Thémire aimant à raisonner,
Lui répondit, je vais vous étonner :

Adonis meurt ; mais Vénus la féconde,
Qui peuple tout, qui fait vivre & fentir,
Cette Vénus qui créa le plaifir,
Cette Vénus qui répare le monde,
Reffufcita, fept jours après fa mort,
Le Dieu charmant dont vous plaignez le fort.
Bon, dit Climène, en voici bien d'une autre,
Ma chère Sœur, quelle idée eft la vôtre ?
Reffufciter les gens ! je n'en crois rien.
Ni moi non plus, dit la belle Conteufe,
Et l'on peut être une fille de bien,
En foupçonnant que la Fable eft trompeufe,
Mais tout cela fe croit très-fermement
Chez les Docteurs de ma noble Patrie,
Chez les Rabins de l'antique Syrie,
Et vers le Nil, où le Peuple en danfant,
De fon Ifis entonnant la louange,
Tous les matins fait des Dieux & les mange,
Chez tous ces gens Adonis eft fêté,
On vous l'enterre avec folemnité ;
Six jours entiers l'enfer eft fa demeure,
Il eft damné tant en corps qu'en efprit ;
Dans ces fix jours chacun gémit & pleure,
Mais le feptieme il reffufcite & vit.
Telle eft, dit-on, la belle allégorie,
Le vrai portrait de l'homme & de la vie,

Six jours de peine, un feul jour de bonheur ;
Du mal au bien toujours le deftin change,
Mais il eft peu de plaifir fans douleur,
Et nos chagrins font toujours fans mélange.

De la fage Climène enfin c'était le tour ;
Son talént n'était pas de conter des fornettes ;
De faire des Romans ou l'hiftoire du jour,
De ramaffer des faits perdus dans la Gazette ;
Elle était un peu fèche, aimait la vérité,
La cherchait, la difait avec fimplicité,
Se fouciant fort peu qu'elle fût embellie ;
Elle eût fait un bon tome à l'*Encyclopédie* :
Climène à fes deux Sœurs adreffa ce difcours.

Vous m'avez de vos Dieux raconté les amours,
       Les aventures, les myftères ;
Si nous n'en croyons rien, que nous fert d'en parler ?
Un mot devroit fuffire ; on a trompé nos pères,
       Il ne faut pas leur reffembler.
       Les Béotiens, nos confreres,
Chantent au cabaret l'hiftoire de nos Dieux ;
Le vulgaire fe fait un grand plaifir de croire
       Tous ces contes faftidieux
Dont on a dans l'enfance enrichi fa mémoire.
Pour moi, dût le Curé me gronder après boire,
Je m'en tiens à vous dire, avec mon peu d'efprit ;

Que je n'ai jamais cru rien de ce qu'on m'a dit ;
D'un bout du monde à l'autre on ment & l'on mentit ;
Nos neveux mentiront comme ont fait nos ancêtres.
   Chroniqueurs, Médecins & Prêtres
Se font moqués de nous dans leur fatras obfcur ;
    Moquons-nous d'eux, c'eft le plus fûr.
    Je ne crois point à ces prophetes
    Pourvus d'un efprit de Pithon,
    Qui renoncent à leur raifon
    Pour prédire des chofes faites.
Je ne crois point qu'un Dieu nous faffe nos enfans ;
  Je ne crois point la guerre des Géans ;
Je ne crois point du tout à la prifon profonde,
D'un rival de Dieu même en fon tems foudroyé ;
Je ne crois point qu'un fat ait embrâfé le monde
    Que fon grand-Père avait noyé ;
    Je ne crois aucun des miracles
Dont tout le monde parle, & qu'on n'a jamais vus ;
    Je ne crois aucun des oracles
    Que des Charlatans ont rendus.
Je ne crois point. . . . La Belle au milieu de fa phrafe
S'arrêta de frayeur : un bruit affreux s'entend,
    La maifon tremble, un coup de vent
    Fait tomber le Trio qui jafe ;
Avec tout fon Clergé Bacchus entre en buvant :
Et moi je crois, dit-il, Mefdames les Savantes,

Qu'en faifant trop les beaux-efprits
Vous êtes des impertinentes ;
Je crois que de mauvais écrits
Vous ont un peu tourné la tête :
Vous travaillez un jour de Fête,
Vous en aurez bientôt le prix,
Et ma veangeance eft toute prête ;
Je vous change en chauve-fouris.

Auffi-tôt de nos trois Reclues
Chaque membre fe raccourcit,
Sous leur aiffelle il étendit
Deux petites ailes velues,
Leur voix pour jamais fe perdit ;
Elles volèrent dans les rues,
Et devinrent oifeaux de nuit.

Ce châtiment fut tout le fruit
De leurs fciences prétendues.
Ce fut une grande leçon
Pour tout raifonneur qui fronde :
On connut qu'il eft dans ce monde
Trop dangereux d'avoir raifon.

Ovide a conté cette affaire,
Lafontaine en parle après lui ;
Moi je la répete aujourd'hui,
Et j'aurais mieux fait de me taire.

F I N.